本書日本方面的版稅，
將全數用在反對「東京都西多摩郡日之出町興建東京三多摩地區垃圾掩埋場」之運動上。

美麗新世界

從山裡逃出來●垃圾，丟啊！

作、繪者｜田島征三　策劃翻譯｜林真美

責任編輯｜張淑瓊、余佩雯　美術設計｜張欣怡　行銷企劃｜陳詩茵、吳函臻
天下雜誌群創辦人｜殷允芃　董事長兼執行長｜何琦瑜
媒體暨產品事業群
總經理｜游玉雪　副總經理｜林彥傑　總編輯｜林欣靜　行銷總監｜林育菁　副總監｜蔡忠琦　版權主任｜何晨瑋、黃微真

出版者｜親子天下股份有限公司　地址｜台北市 104 建國北路一段 96 號 4 樓　電話｜（02）2509-2800　傳真｜（02）2509-2462
網址｜ www.parenting.com.tw　讀者服務專線｜（02）2662-0332　週一～週五：09:00~17:30　讀者服務傳真｜（02）2662-6048
客服信箱｜ parenting@cw.com.tw　法律顧問｜台英國際商務法律事務所．羅明通律師　製版印刷｜中原造像股份有限公司
總經銷｜大和圖書有限公司　電話（02）8990-2588

出版日期｜ 2006 年 6 月第一版第一次印行　2024 年 9 月第二版第十一次印行
定價｜ 270 元　書號｜ BCKPD012P　ISBN ｜ 978-986-398-045-2（精裝）

訂購服務
親子天下 Shopping ｜ shopping.parenting.com.tw　海外．大量訂購｜ parenting@cw.com.tw
書香花園｜台北市建國北路二段 6 巷 11 號　電話（02）2506-1635　劃撥帳號｜ 50331356 親子天下股份有限公司

立即購買 >

田島征三

從山裡逃出來

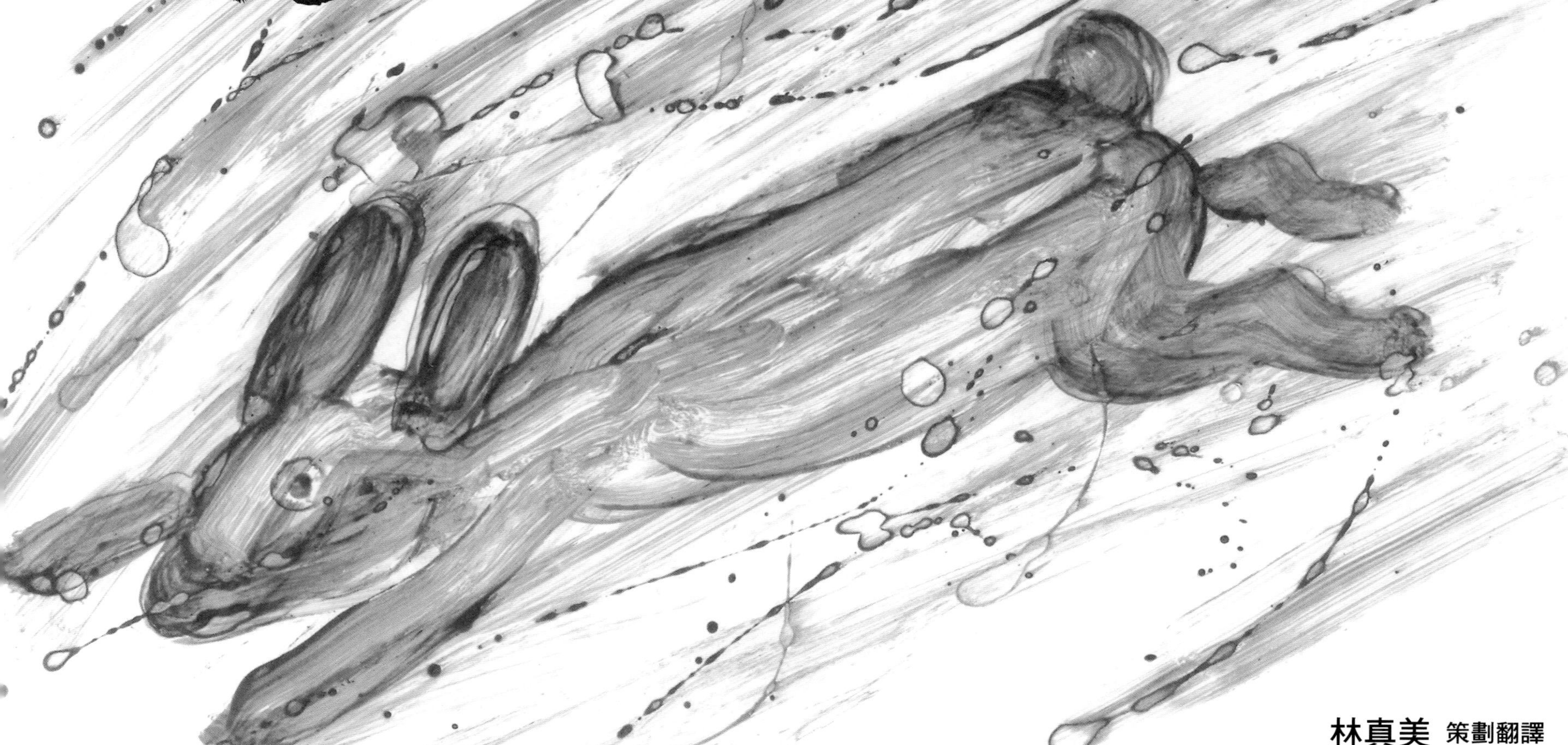

林真美 策劃翻譯

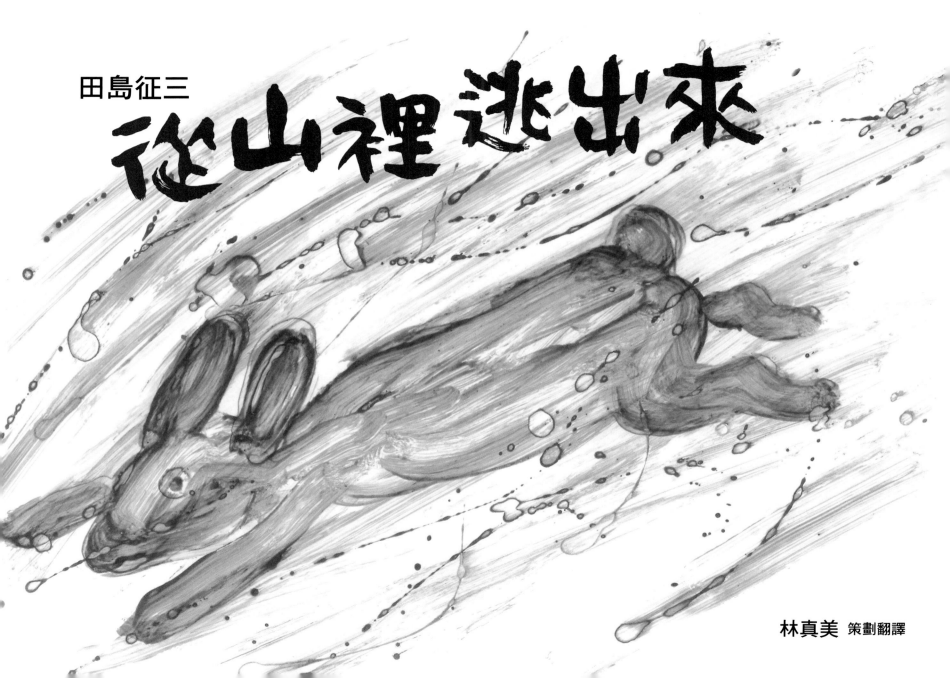

各式各樣的動物，從山裡逃了出來。

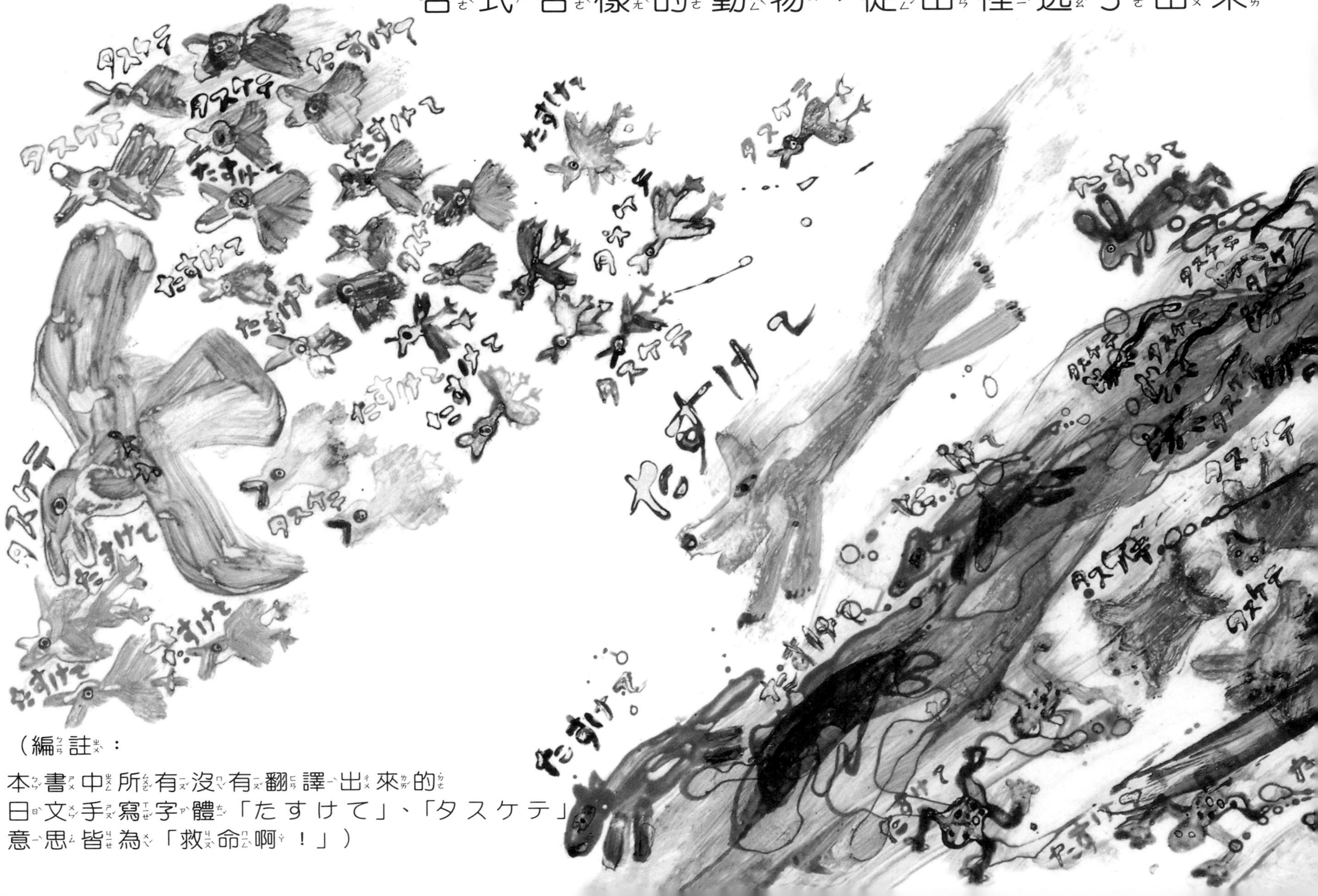

（編註：

本書中所有沒有翻譯出來的日文手寫字體「たすけて」、「タスケテ」意思皆為「救命啊！」）

たすけて
タスケテ
タスケテ
タスケテ
タスケテ
たすけて
たすけて
たすけて
タスケテ
タスケテ

狸貓媽媽帶著小狸貓逃了出來。

大蟲小蟲全都逃了出來。

たすけて
タスケテ
タスケテ
タスケテ
たすけて
タスケテ
たすけて
たすけて
たすけて
たすけて
たすけて
たすけて
たすけて
たすけて
たすけて
たすけて

たすけて
たすけて
たすけて
タスケテタスケテ
タスケテタスケテタスケテ
タスケテ
タスケテ
タスケテ
たすけて
たすけて
たすけて
タスケテ
たすけてたすけて
たすけてたすけて
タスケテ
タスケテ
タスケテ
たすけて
たすけて
たすけて

空中的小鳥帶來一陣騷動。

たすけてたすけてたすけてたすけ

救命啊！救命啊！

不會飛、不會跑的蝸牛，只好靜靜的、

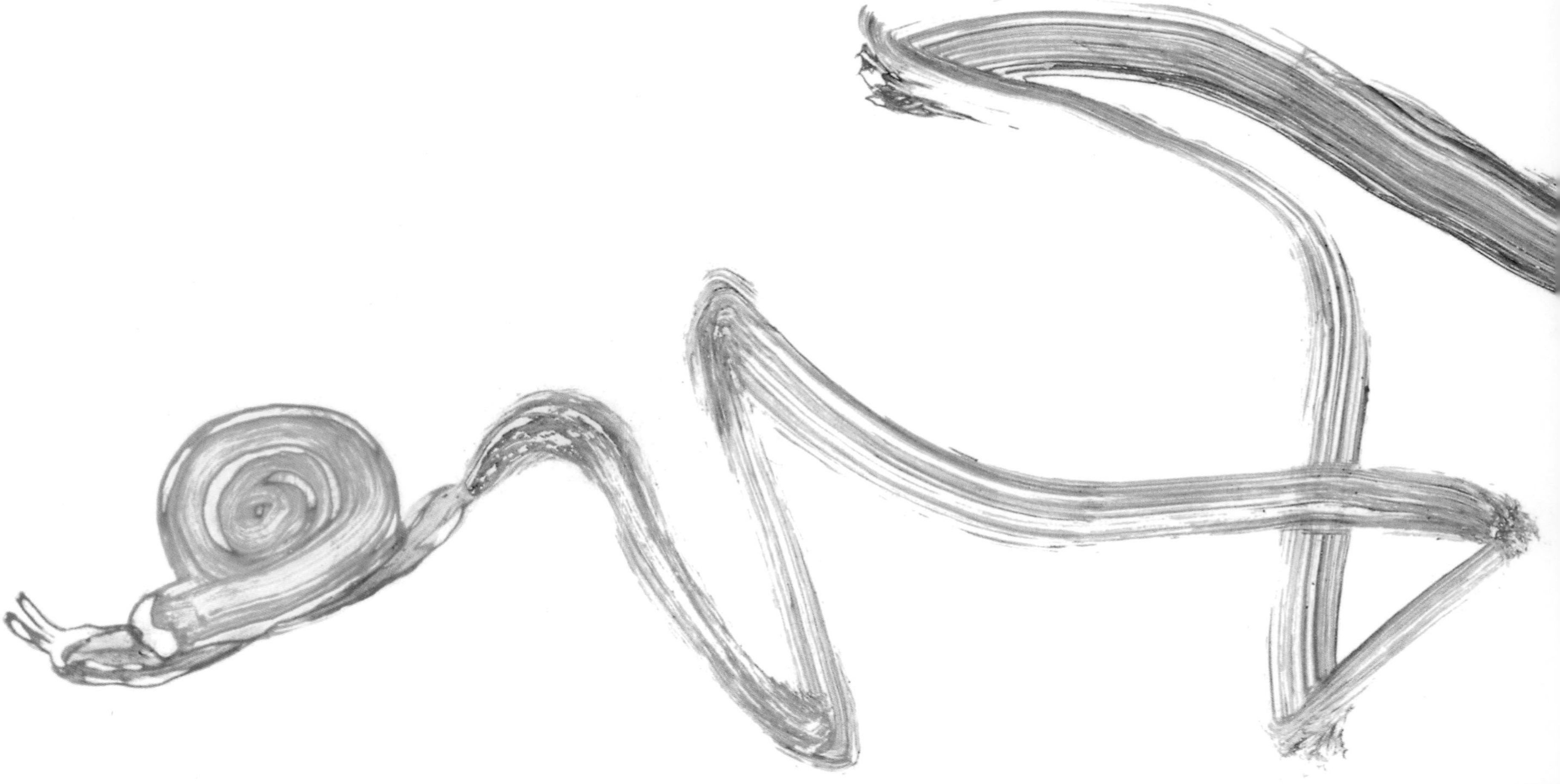

靜ㄐㄧㄥ靜ㄐㄧㄥ的ㄉㄜ向ㄒㄧㄤ前ㄑㄧㄢ走ㄗㄡ。

救ㄐㄧㄡ命ㄇㄧㄥ啊ㄚ！

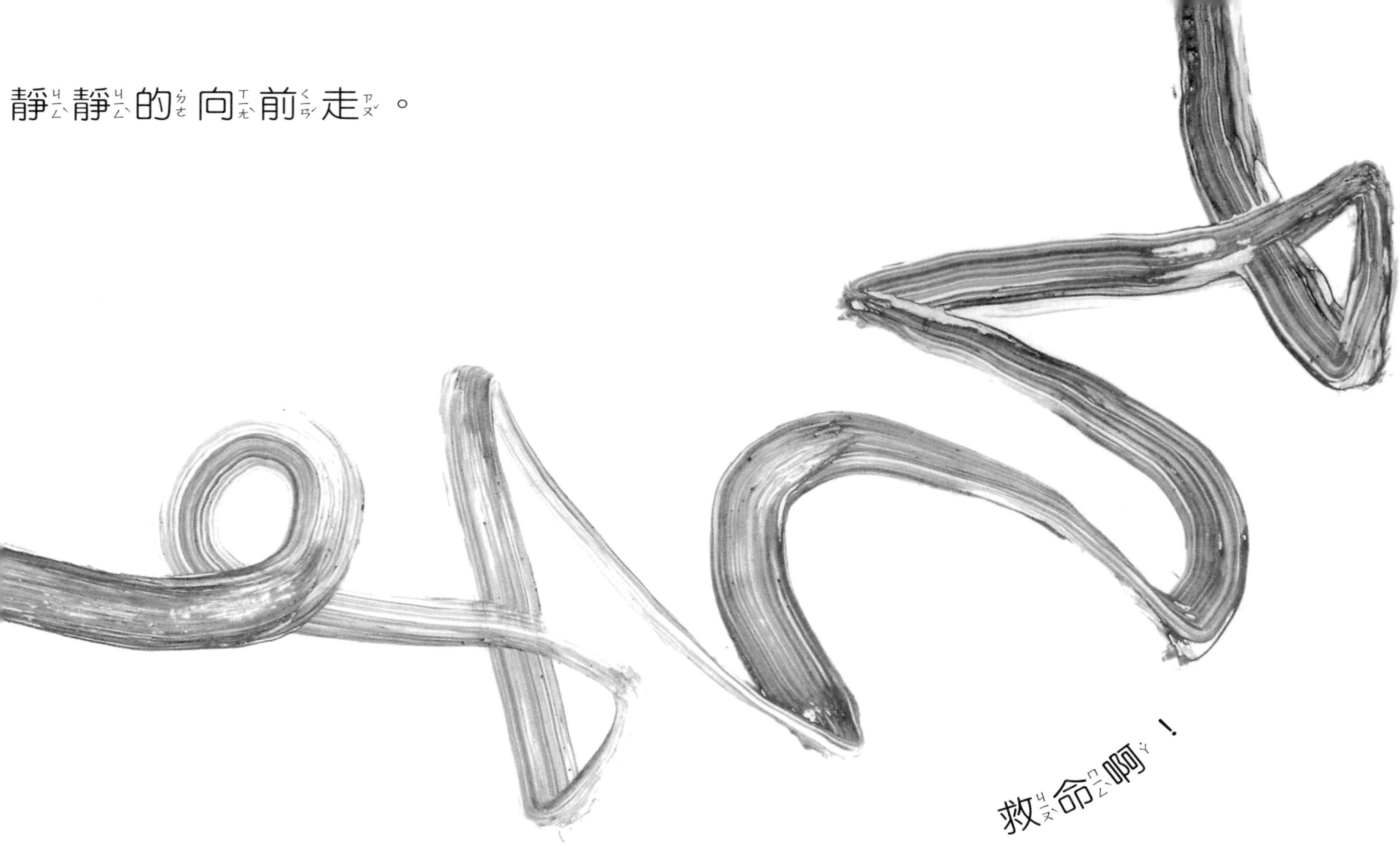

小小的生物發出小小的聲音，

救命啊！

大家使盡全力逃命。

前方是否有棲息的地方呢？

也有不得不放棄逃生的。

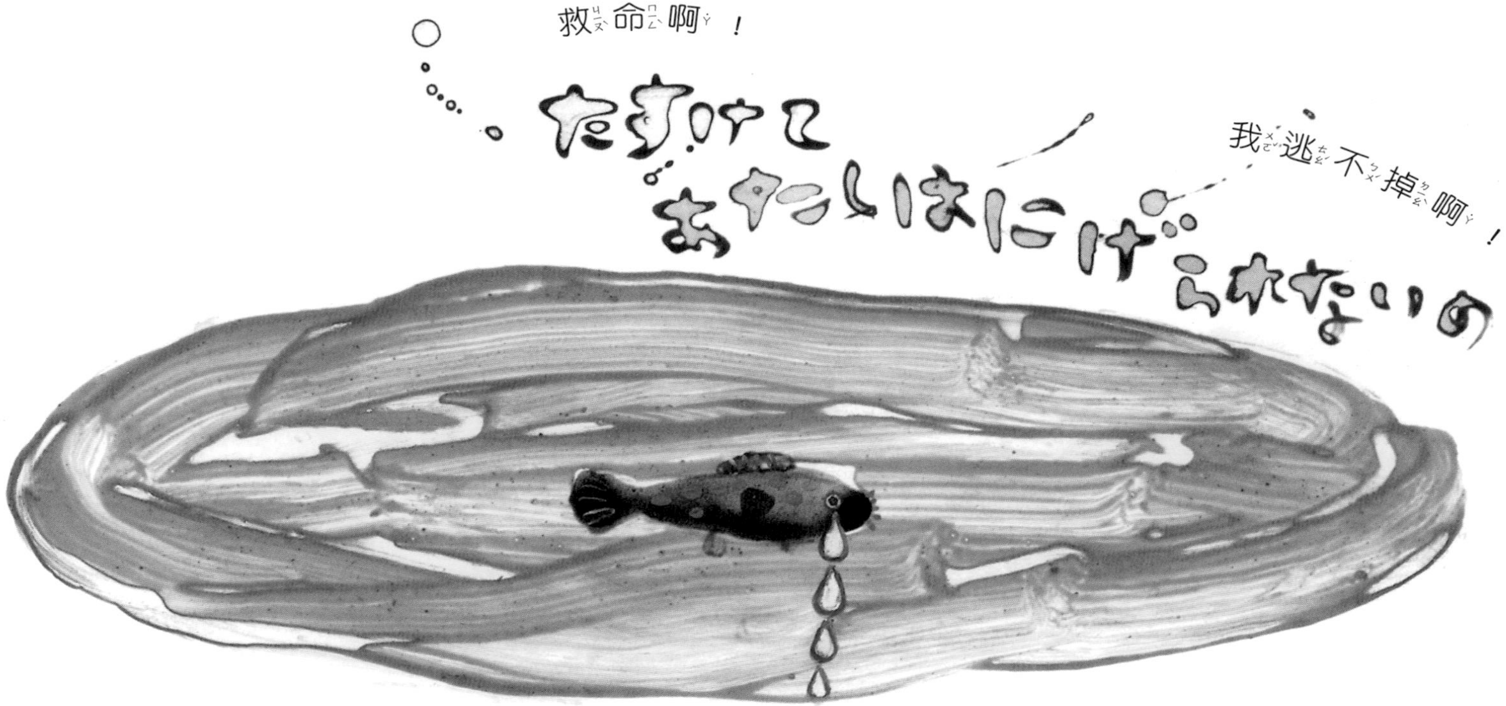

一個浩大的工程展開了，
想逃的生物、
來不及逃的生物，
全都死了。

垃圾場的土壤
滲出有毒的水，
流向四方。

它們全都朝著山裡的大垃圾場前進。

卡車載著垃圾的灰，從各地湧來。

燒完的灰要送到哪裡去呢？

垃圾燒了之後就會消失嗎？

垃圾車把所有的垃圾帶走。

收垃圾時間
一.可燃垃圾、不可燃垃圾
(週二、三、六)

討厭的垃圾，丟啊！丟啊！

賣不出去，所以丟啊！

太麻煩了，所以丟啊！

管它還能不能用，丟啊！

壞了，所以丟啊！

舊了，所以丟啊！

吃不完，所以丟啊！

因為便宜，所以越買越多。

這也買那也買，什麼都想買。

垃圾，丟啊！

田島征三

林真美 策劃翻譯

作繪者

田島征三

1940年生於日本大阪府堺市。童年在父親的老家高知縣度過。1962年多摩美術大學圖案科畢業。1969年偕妻小移居「日之出村」，過著與大自然為伍，一邊耕種、一邊創作的生活，從中蒐集創作的靈感。

1990年，為保護日之出森林，開始投身反對「興建垃圾掩埋場」的運動。由於特殊的生活經驗，以及對自然的深刻感情，其繪本作品可以說都萌生自孕育萬物的「土壤」，故被時人譽為是一位最具有「土味」的繪本作家。

繪本作品無數，最著名的有：《力太郎》(ちからたろう)，於1969年獲得第二屆BIB金蘋獎。《款冬花》(ふきまんぶく)，獲得第五屆講談社出版文化獎繪本獎。《飛啊！蝗蟲》獲得繪本日本獎、第三十八屆小學館繪畫獎、年度插畫作家獎，並入選波隆那國際兒童圖書展圖畫獎。另有畫冊、散文集等作品。

策劃翻譯

林真美

國立中央大學中文系畢業，日本國立御茶之水女子大學兒童學碩士。

目前在大學兼課， 開設「兒童與兒童文學」、「兒童文化」等課程。除翻譯繪本，亦偶事兒童文學作品、繪本論述、散文、小說之翻譯。如《繪本之眼》（親子天下）、《夏之庭》（星月書房）、《繪本之力》（遠流）、《最早的記憶》（遠流）……等。《在繪本花園裡》（遠流）則為早期與小大成員共著之繪本共讀入門書。近年並致力於「兒童權利」之推廣。

1992年開始在國內推動親子共讀讀書會，1996年策劃、翻譯【大手牽小手】繪本系列（遠流），2000年與「小大讀書會」成員在台中創設「小大繪本館」。2006年策劃、翻譯【美麗新世界】繪本系列（親子天下）及【和風繪本系列】（青林國際）。譯介英、美、日……繪本逾百本。

編者的話

我的家距離垃圾場很遠，我住的地方看不到焚化爐的煙囪，嗅不到垃圾堆的臭味。每一天，我製造了不少垃圾，它們被運到遠方的垃圾場掩埋。那些我所製造的垃圾被運到離我很遠的焚化爐處理。我看不到垃圾堆積的髒污、聽不到焚化爐機具的吵鬧、嗅不到酸臭混雜的可怕味道。那裡很遠、人很少……但是，那裡住了很多生命，那個很遠，我很少去的山林是許多動物們的家。

謝謝田島征三寫這個故事，讓我們有機會帶著孩子一起看到我們很少想到的事。謝謝田島征三用他充滿了強勁力道的畫筆，畫出我們不經心的亂買亂丟，和動物們使盡全力奔逃的求救聲。

現在，我看到了、我聽到了、我知道了，我會採取行動改變。我們一起努力吧！